Ruth Heil · Anna und das Buch

Ruth Heil

ANNA

und das Buch

Ein modernes Märchen

mediaKern

MIX
Papier aus verantwortungsvollen Quellen
FSC® C006701
FSC
www.fsc.org

Bibliografische Information der Deutschen Nationalbibliothek
Die Deutsche Nationalbibliothek verzeichnet diese Publikation in der Deutschen Nationalbibliografie; detaillierte bibliografische Daten sind im Internet über http://dnb.d-nb.de abrufbar.

ISBN 978-3-8429-2003-3

Bestell-Nr. 512 2003

www.osinger-grafik.at
Umschlaggestaltung: Rainer M. Osinger
Layout: Ch. Karádi
Herstellung: CPI – Ebner & Spiegel, Ulm
Printed in Germany 2011

www.media-kern.de

Allen gewidmet,
die auf der Suche nach Leben sind.

Inhalt

Anna

»Anna!«, laut und gebieterisch hallte Vaters Stimme durch die hohe Schlosshalle. »Wo steckt sie nur wieder? Sie hat doch Klavierunterricht, und die Lehrerin wartet schon seit 20 Minuten auf sie!« – »Nichts wie Unsinn hat sie im Kopf! Vater, das weißt du doch!« Albert hatte den Kopf aus der Tür des Büros gesteckt. Dort verwaltete er die Geschäftsangelegenheiten für die vielen Ländereien, die Vater gehörten.

»Vater, vom Fenster aus sah ich sie gerade auf dem Apfelbaum sitzen, der an der Schlossmauer steht. Sie warf Äpfel auf Wanderer, die im Wald vorbeikamen.« Vater eilte mit großen Schritten zum Fenster. Ja, da war sie! Sie hatte einen Apfel in der Hand und war gerade dabei, wieder zu zielen.

»Anna!« Die Stimme des Vaters ließ sie innehalten. Sie führte den

Apfel zum Mund, biss hinein und lächelte Vater liebenswürdig an, so, als hätte sie gerade deswegen den Apfel gepflückt. Sie wusste, Vater konnte ihr nicht lange böse sein.

»Du verwöhnst sie, Vater«, sagte Albert nachdenklich. »Sie macht jetzt schon, was sie will. Wo wird das noch enden!«

»Ach, Junge«, meinte der Vater und klopfte dem großen Sohn auf die Schulter. »Seit Mutter tot ist, ist alles anders. Jetzt soll ich gleichzeitig Vater und Mutter sein, und das ist nicht leicht.«

Da kam Anna, nach Atem ringend, den Gang entlang gerannt. Ihre blonden Locken klebten ihr am Kopf und im Gesicht, so verschwitzt war sie. »Ännchen, Ännchen, so schnell rennen sollte eine kleine Prinzessin nicht. Viel mehr sollte sie anmutig wie eine Gazelle einherschreiten«, rügte Albert seine kleine Schwester. »Prinzessinnen sollten auch nicht ständig in Jeans und T-Shirt herumrennen, sondern auch mal etwas Feines wie ein Kleid anziehen!«

Oh, wie Anna das Wort »Ännchen« hasste! Und wie sie es überhaupt nicht mochte, Prinzessin genannt zu werden. Auch wenn es stimmte, dass sie das war. Albert wusste es genau! Doch damit versuchte er immer, sie zu ärgern. Anna ging auf ihn los und trommelte mit ihren kleinen Fäusten gegen seine Brust. Er nahm den Zappelphilipp auf die Arme und ließ ihn wie ein Flugzeug um sich kreisen. »So, kleine Prinzessin«, grinste er sie an, »das war für die Trommel!«

»Genug mit dem Unsinn«, schimpfte Vater. Aber es klang mehr freundlich als ärgerlich. »Jetzt aber los zur Klavierstunde!«

Anna griff nach Vaters Hand. Mehr hüpfend als gehend lief sie neben ihm her über den langen Gang. Vater spürte in seinem Herzen eine große Liebe zu seiner kleinen Tochter. Ja, dachte er, Albert war gewissenhaft, aber manchmal ein wenig zu ernst. Er mochte den Vater und gab sein Bestes für ihn. Aber sich selbst gönnte er keinen Urlaub. Vater tat es weh, wenn er sah, wie wenig Freude Albert sich gönnte. Das meiste sollte ja Albert einmal erben, aber das bedeutete nicht, dass er es sich erarbeiten musste. Er sollte das Erbe auch genießen und nicht

nur schuften. Denn dadurch hatte der Sohn auch keine Freunde. Und ohne Freunde ist das Leben oft leer. Wirkliche Freunde sind zur Freude so viel wichtiger als Reichtum.

Vater hätte so gerne manchmal einfach mit Albert zusammengesessen, um sich mit ihm zu unterhalten. Nein, Vater wollte nicht nur wissen, wie die Geschäfte liefen, sondern erfahren, wie es Albert selbst ging, was er fühlte, dachte, befürchtete, und was ihm Freude bereitete. Doch das hielt Albert für vertane Zeit.

Annas Sehnsucht

Anna wurde älter. Sie wurde eine richtige Schönheit und war der Stolz des Vaters. Albert spürte manchmal einen Stich in seinem Herzen, wenn Vater immer nur über Anna redete. Sie bereitete Vater solche Sorgen! Alle jungen Männer, die um sie warben, wies sie ab. Der eine war ihr zu ernst, der nächste nicht schön genug und ein anderer zu langweilig. Nein, sie fühlte sich noch zu jung, um sich festzulegen oder immer an jemanden gebunden zu sein. Sie wollte viel lieber das Leben genießen und etwas von der großen, weiten Welt sehen!

»Vater«, sagte sie an einem sonnigen Morgen, »ich muss etwas Wichtiges mit dir besprechen.« – »Nur zu, meine Kleine«, ermutigte er sie liebevoll. »Vater, wie viel von deinem Reichtum gehört eigentlich mir?« »Das ist eine ganze Menge! Dir und deinem Bruder fällt mein ganzes Erbe zu.« – »Und wie viel ist das genau?«, wollte Anna wissen. »Mein liebes Kind, das müsste ich erst ausrechnen lassen. Eigentlich werden das Erbe und die Teilung erst in Kraft treten, wenn ich sterbe.« – »Vater, lieber Vater, hoffentlich wird das noch lange dauern«, weinte Anna bedrückt. Doch nach einer Pause fuhr sie fort: »Aber ich würde so gerne die große, weite Welt sehen! Könntest du mir bitte nicht jetzt schon einen Teil des Erbes ausbezahlen?« Flehentlich bettelte Anna den Vater an.

»Ach, Anna!«, seufzte Vater und Traurigkeit lag in seinen Augen. »Wie schwer fällt es mir, dich gehen zu lassen! Die Welt ist voller Gefahren. Aber meine Liebe soll dich nicht hier bei mir festhalten. Liebe lässt den anderen los. Du sollst wissen, dass ich dir alles gönne und nichts vorenthalten will.« – »Albert!«, rief er dann mit seiner tiefen Bassstimme in die Halle. »Komm doch bitte zu mir in den Salon.« Als Albert kam, bat Vater: »Lass uns das Erbe teilen!« – »Vater, bist du krank? Musst du bald sterben?", fragte Albert bestürzt. »Ach nein, Albert, aber Anna will uns verlassen und ich will ihr zum Abschied nochmals meine ganze Liebe zeigen.«

»Vater, wir werden Einbußen haben, wenn wir jetzt Ländereien verkaufen, nur um Bargeld zu bekommen.«

»Albert, teile!«, sagte Vater in einem Ton, der keine Widerrede duldete.

Albert warf Anna einen vernichtenden Blick zu. So weit hatte es nun die verwöhnte Göre gebracht, dass sie Vaters Erbe ihm schon vor seinem Tod aus den Taschen zog! Alle Zuneigung, die er für seine Schwester noch gefühlt hatte, schwand. Er begann sie dafür zu hassen, was sie da gerade dem gutmütigen Vater antat.

Zwei Wochen saß Albert über den Papieren und Dokumenten. Er telefonierte mit Banken und versuchte Ländereien zu veräußern. Alles sollte als Bargeld und Schecks in Annas Hände ausgezahlt werden. So hatte es Vater angeordnet.

Wie verrückt war das alles, dachte Albert. Sein Zorn auf Anna wuchs täglich. Als schließlich das Taxi kam, um Anna zum Flughafen zu bringen, stand er oben am Fenster und verfluchte sie. Im ganzen Schloss hatte Anna ihn zuvor gesucht, um ihm auf Wiedersehen zu sagen. Aber er hatte sich versteckt. Nein, er wollte ihr nicht auf Wiedersehen sagen, denn er wollte sie nie, nie wieder sehen! Noch schlimmer war es für Albert, mit ansehen zu müssen, wie sehr der Vater weinte, als er Anna zum Abschied küsste. Anna schien aber das alles nicht so viel auszumachen. Wie gewissenlos sie doch war!

Zum Abschied hatte der Vater Anna noch ein Buch geschenkt. »Es ist mein wertvollster Besitz«, sagte er zu ihr. »Ich schenke es dir. Es enthält Geschichten, die ich mit Menschen erlebte und aufgeschrieben habe. Bewahre es gut auf. Es kann dir in Zeiten der Not Ratschläge und Hilfe geben.«

»Ich werde es wahrscheinlich nicht brauchen«, entgegnete Anna etwas forsch. »Aber weil es von dir ist, werde ich es mitnehmen.«

»Am liebsten würde ich mitgehen und dich beschützen!«, flüsterte Vater leise. Anna konnte Vaters Sorge ein bisschen verstehen. Aber wahrscheinlich würde er ihr vor lauter Beschützerinstinkt jedes Abenteuer verderben.

Frei wie ein Vogel

Anna flog fort von zu Hause, weit fort. Endlich konnte sie alles hinter sich lassen, allein Entscheidungen fällen, andere Menschen treffen. Das langweilige Einerlei des Schlosses war ihr auf die Nerven gegangen. Endlich war sie frei, zu tun und zu lassen, was sie wollte.

Sie fühlte sich wie ein Vogel, der aus dem Käfig fliegen durfte. In der großen Stadt war es dann doch nicht ganz so leicht, wie sie es sich vorgestellt hatte. Aber schließlich konnte sie eine Luxuswohnung mieten. Und danach flogen ihr die Freunde nur so zu. Und wenn sie eine Party gab, war sie heiß umschwärmt und viel bewundert. Ihre Liebhaber waren äußerst liebenswürdige Männer.

Zwar sprach keiner von ihnen von Hochzeit, alle wollten nur das Vergnügen. Aber das war ihr gerade recht, denn auch sie wollte leben und keine Verpflichtungen eingehen.

Jahre gingen ins Land. Albert ging treu seiner Arbeit nach. Er litt mit, wenn er sah, wie der Vater um Anna Leid trug. Denn sie meldete sich nicht einmal, während sie in der Ferne war. Aber er konnte und wollte ihn nicht trösten. Anna war es nicht wert, dass man an sie dachte.

Vaters Haare wurden licht. Sein dunkelblondes Haar wurde silbergrau. Die Falten in seinem Gesicht gruben sich tiefer und in seinen Augen erstarb alle Freude. »Vater, vergiss Anna endlich!«, meinte Albert eines Tages fast wütend, als er wieder spürte, wie Vater litt. Doch der schaute ihn nur todtraurig an: »Wie könnte ich, sie ist meine Tochter, so, wie du mein Sohn bist.«

Albert versuchte über der Arbeit das Leid des Vaters zu verdrängen. Er tröstete sich, indem er sich sagte, Anna hätte die Liebe des Vaters gar nicht verdient. Der Vater sei selbst schuld, wenn er litt.

Die Zeit verstrich mit ungeheurer Geschwindigkeit. Ab und zu erinnerte sich Anna an den Vater. Aber heimzugehen hätte für sie so viel bedeutet wie wieder ins langweilige Gefängnis des Schlosses zurückzukehren. Nein, nie mehr zurück! Großartig war die letzte Party gewesen. Mit Champagner hatte man zum neuen Jahr angestoßen und war singend hinübergetanzt.

Anna in Geldnot

Mit der nächsten Mietforderung kam auch die Mahnung der Bank. Das Konto sei restlos überzogen, stand da. Man könne ihr auch keinen weiteren Kredit mehr gewähren.

Anna war entsetzt. Konnte es möglich sein, dass sie ihr ganzes Erbe schon verbraucht hatte? Es waren solche Unmengen gewesen, dass sie gedacht hatte, den Rest ihres Lebens davon leben zu können!

Voller Entsetzen rief sie ihren besten Freund an. Es fiel ihr ganz schön schwer, als Bettlerin dazustehen. »Kannst du mir Geld leihen? Ich bin in einer echten Notsituation«, bat sie. »Wo denkst du hin, ich bin selbst knapp bei Kasse«, antwortete der. Auch mit ihrer besten Freundin sprach sie. Die lachte aber nur und meinte: »Komm, mach keinen Aprilscherz, du und kein Geld. Das gibts doch gar nicht.« Zu allen Freunden nahm sie Kontakt auf. Keiner war wirklich bereit, ihr zu helfen. Und weil sie kein Geld mehr hatte, konnte sie keine Feste mehr feiern. Nach und nach kam kein einziger Freund mehr zu ihr, um nach ihr zu schauen. Waren das Freunde? Nein, jetzt begriff sie, dass es diesen Menschen gar nicht um sie gegangen war. Sie wollten nur das Vergnügen. Und so lange das funktionierte, gaben sie sich als Freunde aus.

Die Wohnung wurde ihr zum nächsten Termin gekündigt. Aber nicht nur das, die wertvollen Möbel pfändete man, um offene Rechnungen zu begleichen. In ihrer Verzweiflung konnte sie kaum noch denken. Aber eines schwor sie sich: Zum Vater will ich nicht zurück. Dafür schäme ich mich viel zu sehr. Diese Blöße will ich mir nicht geben.

Nach einiger Zeit fand sie ein kleines Zimmer in der ärmeren Gegend der Stadt. Sie hatte ihre teure, kleine Uhr verkaufen müssen, damit sie die erste Miete bezahlen konnte. Ja, geweint hatte sie dabei. Denn es war das letzte Erinnerungsstück an ihre liebe Mutter gewesen. Doch es blieb ihr keine Wahl. Sie brauchte ein Dach über dem Kopf.

Als nächstes suchte sie Arbeit. Doch weil sie sich im Haus des Vaters geweigert hatte, ihr Studium zu beenden, hatte sie auch keinen Beruf vorzuweisen. Als ungelernte Kraft stellte sie keiner ein. Zuletzt war es ihr egal, was für Arbeit sie machen würde, Hauptsache, sie konnte ihr Zimmerchen finanzieren und etwas zu essen haben, das sie vor dem Verhungern rettete.

Prinzessin mit Toilettenbürste

Schließlich fand sie eine Stelle in einem Einkaufszentrum. Sie war zuständig für die Reinigung der Toiletten. Aber nicht einmal das erledigte sie zufriedenstellend für ihre Vorgesetzte. Denn auch das konnte sie nicht richtig, die verwöhnte Prinzessin, die immer nur bedient worden war. Als sie sich wieder einmal eine Rüge anhören musste, wurde ihr gleichzeitig die Kündigung angedroht. Während sie mit dem Putztuch scheuerte, kam eine ehemalige Freundin gerade in die Toilettenräume. Etwas belustigt sah sie Anna zu, bis diese es merkte. »Oha«, meinte sie dann in überlegenem Ton, »wen haben wir denn da? Kann ich dich auch bei mir anstellen? Ich könnte auch eine Putzfrau brauchen, die das bei mir zu Hause erledigt!« Mit erhobenem Haupt stolzierte sie an Anna vorbei und verschwand hinter einer der Türen.

Anna versuchte, nicht laut loszuheulen. Sie wartete, bis die Frau, von der sie einmal gedacht hatte, sie sei eine Freundin, wieder hinausgegangen war. Dann setzte sie sich auf einen der Toilettendeckel und fing hemmungslos zu weinen an. »Vater, lieber Vater«, kam es über ihre Lippen. Als sie auf ihre Hand herunterschaute, merkte sie, dass sie immer noch die Klobürste festhielt. Da schämte sie sich so sehr, dass sie sich gar nicht mehr traute, seinen Namen zu nennen. Wie verschwenderisch und leichtsinnig war sie mit Vaters Erbe umgegangen. Konnte sie ihm je wieder unter die Augen treten? Sie begann von Neuem zu schluchzen. Auf dem Boden bildeten sich schon kleine Pfützen von ihren Tränen. Und selbst, wenn sie wollte, wie konnte sie überhaupt mit dem wenigen Geld, das sie jetzt verdiente, nach Hause kommen? Es reichte ja kaum, um sich satt zu essen. Oft knurrte ihr Magen. Und während sie sah, wie andere ihre angefangenen Brote in den Abfalleimer warfen, hätte sie am liebsten gebettelt: Bitte gebt es doch mir. Ich hab solchen Hunger! Als sie es einmal ver-

sucht hatte, hatte die Frau, die sie angesprochen hatte, sie auch noch ausgelacht. »Mädchen«, hatte sie geäußert, »das kauft man im Schnellimbiss, das kostet doch fast nichts!« Wenn die gewusst hätte, dachte Anna.

Annas Heimweh

Müde kam sie am Abend in ihrem kleinen Zimmerchen an. Die Arme taten ihr weh vom Schrubben, ihr Rücken schmerzte und ihre Hände waren wund vom Putzmittel.

»Vater«, sagte sie immer wieder, »ach, Vater, wie leid tut mir alles. Könnte ich doch diese Entscheidung, von dir wegzugehen, wieder rückgängig machen!«

Plötzlich fiel ihr das Buch ein, das Vater ihr beim Abschied gegeben hatte. Nie hatte sie es in der ganzen Zeit geöffnet. Es gehörte nur einfach zu ihrem Gepäck. Ob der Vater vielleicht etwas für sie darin aufgeschrieben hatte? Sie fand das Buch in ihrem alten Koffer unter dem Bett. Liebevoll strich sie mit ihrem Ärmel darüber, um den Staub wegzuwischen. Vorsichtig und erwartungsvoll öffnete sie es.

Beim Schein ihrer einfachen Glühbirne an der Decke las sie sich selbst leise die Worte auf der ersten Seite vor:

Mein geliebtes Kind!
Komm heim!
Ich warte voller Sehnsucht auf Dich,
Dein Vater

Tränen stürzten aus Annas Augen. Sie warf sich auf ihr Bett und weinte hemmungslos. Wenn nur alles nicht so furchtbar wäre!

So, wie sie war in ihrer erbärmlichen Situation, ohne einen Cent in der Tasche, konnte sie doch nicht dem Vater unter die Augen treten!

Der Vater hatte ihr alles gegeben, was ihr sogar erst nach seinem Tod zugestanden hätte. Und sie hatte es verlebt und nicht geachtet und seine Liebe mit Füßen getreten. Beweisen hatte sie wollen, dass sie auch ohne den Vater zurechtkommen, Karriere machen kann! Doch ihr Er-

gebnis war erbärmlich. Arm war sie, wie eine Kirchenmaus!

Als sie gegen Morgen aufwachte, lag sie noch angekleidet vor dem Bett. Sie war vor Kummer und Tränen eingeschlafen. Ihre Hand lag auf dem Buch. Nein, es war kein Traum. Vater hatte in das Buch geschrieben: Komm heim! Wieder las sie es, und wieder begann sie zu weinen. Als sie vor dem Spiegel stand und die verquollenen Augen wusch, sprach sie mit sich selbst. Ja, sie fasste den Entschluss: Ich werde

heimgehen! Vater hat so viele Bedienstete im Schloss, die alle ihr Auskommen hatten. Und Vater ging gut und gerecht mit ihnen um. Vielleicht könnte er auch sie, Anna, einstellen. Und wenn sie nur die Toiletten putzte. Das hatte sie ja inzwischen zur Genüge geprobt!

Je mehr sie darüber nachdachte, umso mutiger wurde sie. Allerdings war ihr klar: Um zurück nach Hause fliegen zu können, müsste sie ein Jahr lang hart arbeiten. Aber das war es wert!

Anna hatte wieder ein Ziel, das Freude in ihr weckte. Täglich, wenn sie von der Arbeit heimkam, las sie in Vaters Buch. Welche Kostbarkeiten fand sie darin! Und wie viel Weisheit. Sie lernte Vater dadurch erst richtig kennen.

Wovor wäre sie bewahrt geblieben, hätte sie vorher darin gelesen – oder wäre gar nicht erst vom Vater weggegangen!

Anna und das Buch

Anna las Vaters Buch von Anfang an.

Vater berichtete von zwei Menschen, die ihm sehr wertvoll waren. Aber sie hatten ihm nicht wirklich vertraut. Sie hörten auf jemanden, der ihnen erzählte, Vater würde ihnen etwas vorenthalten. Die beiden verloren dabei einen wundervollen Garten, der danach fest verschlossen wurde.[1] Anna wurde klar, dass sie ähnlich gehandelt hatte.

Wie viel mehr aber hatten diese Menschen verloren als sie! Denn die beiden konnten nie mehr zurück.

Und weiter las Anna von zwei Brüdern. Indem der eine meinte, zu kurz gekommen zu sein, erschlug er seinen Bruder. Danach war er ständig auf der Flucht, voller Angst und Verzweiflung.[2]

Auch darin fand Anna sich wieder. Auch sie hatte gemeint, etwas zu versäumen. Es wurde ihr klar: Das Gefühl, irgendwie zu kurz zu kommen, führt in Sackgassen, aus denen wir kaum herausfinden können.

Abend für Abend war Anna jetzt gespannt, was sie als Nächstes in Vaters Buch entdecken würde.

Voller Entsetzen las sie, wie ihr mächtiger Vater die

ganze Erde überflutet hatte, weil diese Menschen nicht bereit gewesen waren, auf ihn zu hören. Sie hatten über ihn gespottet und einander furchtbares Leid zugefügt. Da hatte Vater diese drastische Maßnahme ergriffen. Nur ein Ehepaar mit seinen Kindern und Schwiegerkindern überlebte, zusammen mit vielen Tieren, die in ihrem Schiff Raum gefunden hatten.[3] Anna packte die Angst. Was, wenn der Vater bei ihrem Heimkommen auch ein vernichtendes Urteil über sie sprechen würde! Sie war keinen Deut besser als diese Menschen, die bei der Katastrophe ums Leben gekommen waren!

Trotz ihrer Furcht las Anna weiter.

Besonders beeindruckte sie die Geschichte eines Mannes, der einen einzigen Sohn von seiner vielgeliebten Frau hatte. Anna las, wie ihr Vater diesen Mann prüfen wollte. Vater wollte herausfinden, ob dieser Mann ihn an die erste Stelle setzte, sogar vor seinem Sohn. Er müsse diesen Sohn ihm opfern, forderte Vater. Anna packte die Angst. Konnte ihr Vater so grausam sein? Nein, sie wollte nicht weiterlesen! Zwar hatte sie immer noch Sehnsucht, zum Vater zurückzukehren, aber was würde dann mit ihr geschehen?

Am Abend beugte sie sich wieder über das Buch.

Wie erleichtert war sie, als sie entdeckte, dass es nur ein Test vom Vater war. Als der Junge schon auf dem Altar lag und dessen Vater das Messer gezogen hatte, griff Vater ein! »Nun weiß ich, dass ich dir sogar wichtiger bin als dein eigener Sohn«, sagte Vater.[4] Warum Vater das so wollte? Würde er selbst auch solch ein Opfer für jemanden bringen? Nein, Anna konnte das nicht verstehen. Doch sie war unendlich froh, dass diese Sache gut ausgegangen war. Abend für Abend lernte Anna Vater besser kennen durch das Lesen seiner Worte. Auch eine weitere Begebenheit beschäftigte Anna. Da gab es eine Großfamilie mit 12 Söhnen. Zwei von ihnen waren von einer Mutter geboren, die nach der Geburt des Jüngsten gestorben war. Der Vater hing deshalb besonders an den beiden. Der Ältere von ihnen, der auch erst ein Teenager war, wurde von den großen Brüdern nicht immer liebevoll behandelt. Er hing an ihnen, aber sie mochten ihn nicht. Als er eines

Tages vom Vater auch noch ein ganz besonderes Kleidungsstück geschenkt bekam, hassten sie ihn. Leider war der Junge nicht weise genug, sonst hätte er ihnen nicht auch noch seine Träume erzählt. In diesen Träumen spielte er nämlich selbst die Hauptrolle. Und die sagte in Bildern letztlich aus, dass er der Größte wäre, sogar größer als Vater und Mutter. Darüber war sogar sein sonst ihm so hingegebener Vater ärgerlich. Und die Brüder waren noch zorniger über ihn. Vater schickte den Jungen eines Tages auf den Weg, um nach seinen Brüdern zu schauen, die irgendwo die Herden des Vaters weideten. Der Junge fand sie und freute sich, sie zu sehen. Aber wütend, wie sie auf ihn waren, beschlossen sie, ihn umzubringen. Es war furchtbar, denn sie warfen ihn in eine Grube. Als eine Karawane vorbeikam, verkauften sie ihn als Sklaven. Dem Vater machten sie wcis, er sei wohl von einem wilden Tier gefressen worden.

Anna war ganz fasziniert. Auch sie hatte zu Hause den Eindruck gehabt, dass ihr Bruder eifersüchtig darauf gewesen war, wie sehr der Vater an ihr hing. Sie hatte beobachtet, wie er Vater böse angeschaut hatte, als er Anna ein wunderschönes Ballkleid geschenkt hatte. Leider hatte sie auch die Liebe des Vaters schamlos ausgenutzt, und es den großen Bruder manchmal spüren lassen, dass sie dem Vater mehr bedeutete als er. Ja, jetzt konnte sie verstehen, warum der Bruder, an dem sie eigentlich hing, sich nicht von ihr hatte verabschieden wollen.

Weiter las sie die Geschichte dieses Teenagers. Nach einem Zug mit Kamelen durch eine Wüste, bei dem er hätte verdursten können, kam er schließlich auf einem Sklavenmarkt an und wurde dort verkauft. Anna hielt die Luft an. Wie furchtbar! Aber das war gar nicht alles. Voller Entsetzen las sie weiter, wie dieser Junge probierte so zu leben, wie Vater es wollte. Aber eine Frau versuchte ihn zu verführen und log danach noch, er habe damit begonnen. Ungerechterweise wurde der Junge ins Gefängnis geworfen. 13 Jahre lang wurde er vom Unglück verfolgt. Warum Vater das zuließ? Wieder hatte Anna viele Fragen.

An diesem Abend begann sie aber einiges zu verstehen. Vielleicht sah Vater, dass das Herz des Jungen noch zu stolz war. Er verließ sich noch viel zu sehr auf sich selbst. Vielleicht dachte er auch, er sei besonders gut, da er allen half, sogar als er im Gefängnis saß. Anna staunte, wie er sich um andere kümmerte, sogar sah, dass sie traurig aussahen. Und wie er sie ermutigte, ihm ihre Träume zu erzählen. Aber vielleicht erkannte er auch ganz allmählich, was er selbst falsch gemacht hatte, als er sich über seine Brüder gestellt hatte. Er sah seine Fehler, nicht nur ihre.

Anna kannte den Schmerz, wie man sich fühlt, wenn man seine Fehler erkennt. Aber sie wusste auch um die noch größere Verzweiflung, Sehnsucht nach dem Vater zu haben.

Anna überlegte: Wollte der Vater auch ihn testen, ob er in der Not, in der Ungerechtigkeit, die ihm widerfuhr, nicht an seinen Wegen verzweifelte?

Jedes Mal, wenn sie weiterlas, begann sie etwas Neues zu begreifen. Dieser junge Mann, der er inzwischen geworden war, kam schließlich in eine sehr hohe Stellung, in der er ein ganzes Volk vor einer großen Hungersnot rettete. Vater wollte ihn wahrscheinlich durch die schweren Tests befähigen, diese Aufgabe übernehmen zu können. Er sollte außerdem ohne alle Zweifel wissen, dass er selbst nicht der Retter der Menschen war, sondern dass Vater ihn damit befähigt hatte. Wahrscheinlich konnte er es nur lernen, indem er zuvor geschult worden war, schwere Situationen zu meistern, sich selbst zu überwinden und niemandem etwas heimzahlen zu wollen. Denn eines Tages kamen die Brüder zu ihm, dem großen Herrscher. Sie erkannten ihn natürlich nicht. Sicher dachten sie, er sei schon lange tot. Er war in einer solch hohen Stellung, dass die Brüder sich zur Begrüßung vor ihm bis zum Boden hinunter verneigten.

Zu dieser Zeit hatte der junge Mann schon gelernt, dass er sein Wissen und Können nicht von sich aus hatte und alles letztlich ein Geschenk vom Vater gewesen war. Das war also auch ein Test des Vaters gewesen, überlegte Anna.

Die Tage vergingen fast wie im Flug. Anna freute sich Abend für Abend, mehr vom Vater zu lesen. Das waren keine erfundenen Geschichten, die sie da las, das waren echte Erlebnisse von Menschen wie sie. Und letztlich begriff sie, dass es Geschichten waren, die sich wahrscheinlich durch die Jahrhunderte immer wiederholten, immer mit anderen Menschen, auch mit ihr, Anna.

Inzwischen hatte sich Anna in ihrem kleinen Zimmerchen eine Leseecke eingerichtet. Sie nannte sie »Annas Schulunterricht«.

Aber es war nicht nur Lernzeit, wenn sie wieder im Buch des Vaters studierte. Es war ebenso eine tiefe Freude für Anna, zu sehen, wie der Vater aus verschlungenen Wegen von Menschen Gutes schuf. Ja, wie er sogar Fehler benutzte, um Menschen zurechtzubringen, wenn sie bereit dazu waren.

Staunend las Anna weiter, wie der junge Mann

schließlich seine ganze verloren geglaubte Familie ins fremde Land umsiedelte. Letztlich hatte seine Verschleppung dazu gedient, dass er ein ganzes Land, aber auch seine eigene Familie vor dem Hungertod gerettet hatte.

Anna musste weinen, als sie an den Teil kam, wo der Vater den totgeglaubten Sohn in seine Arme schloss.[5]

Dort im neuen Land wurden sie zu einem großen Volk. Inzwischen lebten schon Enkel, Urenkel und noch weitere Generationen dort. Das Ursprungsvolk begann sie zu unterdrücken und ihre Kinder umzubringen. Da berief Vater einen Anführer, der das Volk in ein neues, wundervolles Land führen sollte. Dieser Anführer fühlte sich gar nicht fähig für diese Aufgabe. Aber weil er Vater gehorchte, gab er ihm alles, was er dazu brauchte.[6]

Anna begriff: Wir müssen nicht toll sein, um besondere Dinge zu tun. Wir müssen nur dem großartigen Vater vertrauen und auf ihn hören. Dann tut ER diese besonderen Dinge durch uns.

Der mächtige Herrscher dieses Landes konnte das Volk nicht aufhalten.[7] Sogar das Meer vermochte nicht, den Zug des Volkes zu stoppen. Vater sagte dem Anführer, mit dem Stab ins Wasser zu schlagen. Und als er das tat, teilten sich die Wellen.[8]

Anna staunte: So mächtig war ihr Vater? Das hatte sie nicht gewusst! Ganz entspannt öffnete sie am Abend wieder das Buch. Sie brauchte nicht jedes Mal zu zittern, wie die Geschichte ausging! Auch wenn es schlimm aussah, Vater hatte alles in der Hand!

Doch wie enttäuscht war sie über dieses Volk beim Weiterlesen! Vater führte es Stück für Stück durch die Wüste. Doch die Leute sahen nicht voll Vorfreude auf das, was sie erwartete. Sie murrten die ganze Zeit über. Und als der Anführer einige Tage unterwegs war, um Vaters direkte Anweisungen entgegenzunehmen, schmolzen sie aus ihrem goldenen Schmuck ein Kalb. Sie tanzten darum herum und vergaßen ihren Anführer und auch Vater, der sie aus ihrem Sklaventum herausgeholt hatte.[9]

Anna regte sich mächtig auf. Was für undankbare Menschen, schimpfte sie vor sich hin! Doch dann fiel ihr voller Schmerz ihre eigene Undankbarkeit gegenüber dem Vater ein. »Vater, vergib!«, flüsterte sie mit Tränen in den Augen.

Und weiter entdeckte sie Geschichten aus Vaters Leben. Er brachte dieses Volk dann doch in das wundervolle Land. Aber es dauerte 40 Jahre lang. 40 Jahre lang zogen sie durch die Wüste. Sogar der Anführer war inzwischen gestorben. Nur zwei Männer von all den vielen tausend Menschen, die einst ausgezogen waren, kamen persönlich dort an, wo alle hätten ankommen sollen. Es waren die beiden einzigen Männer, die Vater voll vertraut hatten.[10]

Auch die Kinder, die damals beim Auszug noch klein gewesen waren, kamen nicht ins neue Land. Nur deren Kinder, die auch inzwischen erwachsen waren und wieder Kinder hatten, durften es erleben.[11]

Anna holte sich den Atlas aus dem Regal. Es war eines der wenigen Dinge, die sie noch besaß. Denn sie schaute immer wieder sehnsuchtsvoll in dem Atlas den Ort an, an dem ihr Vater lebte.

Heute aber betrachtete sie die Strecke, die das Volk durch die Wüste gezogen war. Das hätte doch höchstens vier Monate dauern dürfen, um anzukommen, überlegte sie. Warum nur dauerte es 40 Jahre?

Annas Umkehr

Plötzlich stand es klar vor ihren Augen: Unglaube, Undankbarkeit und Unzufriedenheit über den Vater hatte das Volk, von dem sie las, viele Umwege machen lassen. Nein, sie verurteilte niemanden dafür. Auch sie war undankbar, auch sie hatte nicht auf Vater gehört.

Nein, Vater wollte niemandem etwas vorenthalten, auch ihr nicht. Vater wollte sie vor Umwegen bewahren. Aber sie hatte sich nicht bewahren lassen wollen. Anna merkte, wie im Laufe der Wochen immer mehr Dankbarkeit in ihr wuchs. Morgens war sie dankbar dafür, aufstehen zu können. Sie empfand Dankbarkeit für ihr einfaches Zimmer. Sogar für ihren nicht gerade wundervollen Job konnte sie danken. Was kümmerte sie ihre einfache Arbeit? All das brachte sie dem Vater näher. Nur wieder in seiner Nähe leben zu dürfen, sei es als Bedienstete in der Küche oder als Helferin in der Gärtnerei oder um die vielen Stufen zu reinigen, die zum Schloss hinaufführten! Nur das zu wissen, er war da, schien ihr schon der Himmel zu sein.

Die Wochen vergingen. Aber es verging kein Tag,

an dem Anna nicht das Buch geöffnet hätte. Sie war etwa in der Mitte angelangt.

Als sie heute die Worte des Buches las, meinte sie, ihre eigenen Gedanken zu finden. Es waren Gedanken, die Vater von Menschen aufgeschrieben hatte, die über ihn nachdachten und seine Wahrheit erkannten – aber auch Worte von Menschen, die mit ihm redeten und ihm ihr Herz ausschütteten. Da stand:

Wie gut für den Menschen, der in den Geboten des Vaters sein Leben gestaltet. Der ist wie ein Baum, der am Wasser steht. Aber die ohne den Vater leben wollen, stürzen sich selbst ins Unglück.[12]

Wie wahr, dachte Anna. Es ist nicht der Vater, der das Unglück schickt, es ist die Entscheidung des Menschen, ohne ihn leben zu wollen.

Anna konnte sich an diesem Abend nicht entscheiden, das Buch zuzuklappen. Seite um Seite entdeckte sie Menschen, denen es ging wie ihr. Sie sah ihr Leben wie im Spiegel anderer Menschen, die traurig, enttäuscht, verzweifelt waren oder auch gegen Vater rebelliert hatten. Es waren Menschen, die ebenso wie sie auf der Suche nach dem Heimweg, dem Rückweg waren, weil sie die verkehrte Richtung eingeschlagen hatten.

Aber da gab es auch welche, die dem Vater für

seine Hilfe dankten. Einer bezeichnete Vater sogar als guten Hirten, der den Schafen das Beste gibt.[13] Anna erinnerte sich an den Hirten, der früher oft am Schloss vorbeigezogen war.

Sie hatte gehört, wie er manchmal laut rief, um ein Schäfchen zu finden, das ihm verlorengegangen war. Für sie sahen alle Schafe ziemlich gleich aus, aber er kannte sie alle mit Namen.

Wenn die Menschen im Buch Vater als guten Hirten erlebten, würde er dann auch sie wieder aufnehmen?

Als Anna sich an diesem Abend schlafen gelegt hatte, träumte sie von einem Schäfchen, das eigenwillig in die falsche Richtung gelaufen war. Es hatte selbst aussuchen wollen, was ihm schmeckte. Dabei war es in Dornen geraten und hatte sich immer tiefer verstrickt im Bemühen, sich zu befreien. Im Traum hörte Anna sich selbst so laut schreien, dass sie ganz ängstlich und zerknirscht davon aufwachte.

Würde der Vater auch für sie der gute Hirte sein? Oder hatte sie zu viele Umwege eingeschlagen wie dieses ungehorsame Volk, das dann erst mit der nächsten Generation in das vom Vater geschenkte Land kam? Anna weinte bittere Tränen, bevor sie an diesem Morgen zur Arbeit ging.

Zu spät, zu spät!, dröhnte es immerzu in ihrem Kopf. Es machte sie ganz verrückt, und sie schrubbte die Toiletten, so laut sie konnte und stieß den Putzeimer über den Boden, dass es ein Kratzgeräusch gab, nur um die laute, innere Stimme zu übertönen.

Annas Traum

Als sie abends erschöpft in ihr Zimmerchen kam, wollte sie das Buch zuerst nicht öffnen. Doch schließlich überwand sie sich. Aber sie las nicht den fortlaufenden Text, sondern schlug aufs Geratewohl eine Seite auf. Zu ihrem Erstaunen standen da die Worte: »Fürchte dich nicht!« Während sie las, meinte sie die Stimme des Vaters zu hören, als wäre er selbst im Zimmer. »Ich habe dich erlöst!« Und wieder meinte sie, ihn zu vernehmen, als sie ihre Augen auf den Text gerichtet hatte. Anna konnte kaum weiterlesen. Tränen der Freude liefen über ihr Gesicht, als sie sich entschloss, noch weitere Worte aufzunehmen: »Du bist mein.«[14]

O Vater, vergib mir! Bitte, vergib mir! Wie tief habe ich deine Liebe zu mir verletzt! Es tut mir so leid! Nein, ich weiß, es ist nicht möglich, alles ungeschehen zu machen, aber ich werde glücklich sein, wenn ich nur wieder in deiner Nähe leben darf!

In der folgenden Nacht träumte Anna die Fortsetzung ihres Traumes. Sie sah den Hirten von ferne kommen. Und während er näher kam, erkannte Anna sein Gesicht. Es war der Vater. Vorsichtig befreite er sie aus den Dornen. Dabei riss er sich tiefe Wunden in seine beiden Hände. Auch an seinen beiden Füßen verletzte er sich so stark, dass er heftig blutete. Immer noch im Bestreben, sie, das verirrte Schäfchen zu befreien, bückte er sich tief zu ihr hinunter. Dabei blieben die Dornen in seinen Haaren hängen. Wie eine Krone gruben sie sich tief in seine Stirn. Sein Gesicht war blutüberströmt. Aber im Bestreben, sie zu retten, achtete er nicht darauf. Voller Zärtlichkeit und Liebe schaute er sie an. Oh, dieser gute Hirte! Noch am Morgen spürte Anna beim Aufwachen, wie ihr Herz in Liebe entbrannte zu ihrem Retter. Nie wieder wollte sie veranlassen, dass er so verletzt wurde. Es war meine Schuld, dass er so blutete, kam ihr zum Bewusstsein. Auch aus seiner Seite war Blut geflossen, Blut und Wasser, wie bei einem, der schon gestorben ist. Sie war hell entsetzt. Und dabei hatte er sie immer wieder voller Liebe angeschaut und die Dornen aus ihrem Fell gezogen!

Dieser Traum verfolgte Anna auch den ganzen Tag während ihrer Arbeit. Sie bemerkte kaum, wie ihre Vorgesetzte vorbeikam, um Annas Arbeit zu kontrollieren. »Was ist nur heute mit dir los? Du bist so anders als sonst!«

Anna antwortete in Gedanken versunken: »Es ist wegen dem Hirten.« – »Aha«, meinte die Frau und schmunzelte. Später hörte Anna im Vorbeigehen, wie eine Kassiererin mit der anderen flüsterte: »Unsere Anna ist verliebt! In einen Hirten!« Und sie hörte, wie die beiden miteinander kicherten.

Anna wollte sich zuerst ärgern. Aber dann dachte sie: Nein, ich bin nicht verliebt. Es ist viel, viel mehr. Ich liebe ihn, weil er mein Leben gerettet hat. Er hat für mich geblutet, um mich aus den Dornen herauszuholen. Ich hab diese Schmerzen verursacht. Aber er hat mir nicht einmal Vorwürfe gemacht. Nur voller Liebe schaute er mich an. Er blutete, damit ich frei sein kann. Oh, dieser gute Hirte!

Anna las Vaters Geschichten, und je mehr sie las, desto mehr spürte sie Vaters Liebe zu jedem einzelnen Menschen. Dass sie ihn nie danach gefragt hatte! Sie konnte das gar nicht verstehen.

Vor langer Zeit hatte er sein Liebstes weggegeben, um solche verirrten Schäfchen, wie sie eines war, zu suchen und zu retten.

An jenem Abend entdeckte Anna die Geschichte ihres Traumes im Buch des Vaters. Und sie las, wie der Hirte die 99 Schafe zurückließ, um das eine Verlorene zu suchen. Er nahm es auf die Schultern und trug es heim. Keine Strafe, keine Schläge, kein Vorwurf![15]

Vater, ich will heim

»Vater, Vater, ich will heim!« Anna stieß einen langen Seufzer aus und blätterte die nächste Seite im Buch um. Fast erstarrte sie. Da lag das Ticket für den Heimflug. Es war bezahlt. Nur das Datum fehlte auf dem Papier.

Annas Herz klopfte zum Zerspringen, als sie die Nummer des Flughafens wählte. »Und wohin wollen Sie genau?«, fragte der freundliche Herr. »Ich will heim«, sagte Anna und versuchte sich dabei zu beherrschen, dass man nicht merken konnte, wie aufgeregt sie war. »Heim, – das kann irgendwo sein, junge Dame«, meinte der Mann ein bisschen belustigt. »Heim, das ist, wo Vater wohnt«, ergänzte Anna und fügte den Airport an, wo sie landen wollte. »Okay, jetzt kommen wir der Sache näher, und wann soll die Reise losgehen?« – »So bald wie möglich!« Annas Stimme überschlug sich fast. »In spätestens einer Woche.«

Anna versuchte noch alles zu regeln, bevor sie das Land verlassen wollte. Im Kaufhaus meldete sie sich nicht ab. Die würden schon merken, wenn sie nicht mehr erschien.

Und natürlich wunderte man sich sehr, als Anna nicht mehr auftauchte. Hatte sie doch mit großem Eifer sogar Überstunden gemacht, weil sie angeblich auf etwas sehr Wichtiges sparte. »Sie wird zum Hirten gegangen sein«, lästerten die Kolleginnen an der Kasse.

Wenn die gewusst hätten, wie recht sie hatten!

Anna zahlte die letzte Miete von ihrem Ersparten, verschenkte ein paar Kleinigkeiten an Nachbarn und packte die wenigen Dinge zusammen, die sie ihr Eigentum nennen konnte. Das Kostbarste, was sie besaß, das Buch des Vaters, umwickelte sie mit ihrem weichen Schal. Einst hatte Vater ihn ihr geschenkt. Beim Lesen des Buches hatte sie ihn immer um sich gelegt. Und wenn sie ihn trug, stellte sie sich vor, Vater hätte den Arm schützend um sie gelegt.

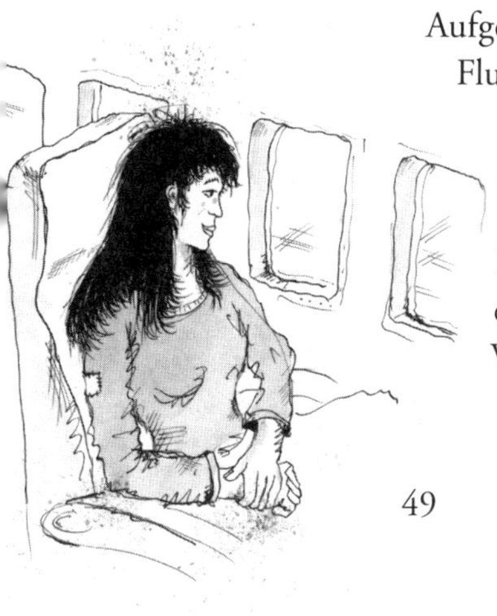

Aufgeregt saß Anna im Flugzeug. Jetzt rollte es schon auf die Startbahn. Als es abhob und immer mehr an Höhe gewann, sang es in Annas Herzen: Vater, ich komme!

Doch dann packte

sie unsagbare Angst. Durfte sie überhaupt noch Vater sagen?

Sollte sie ihn nicht besser mit »König«, »Hoheit«, »Majestät« oder wenigstens mit »Herr« ansprechen?

Am Flughafen angekommen, sah sie schon von Weitem das gewaltige Schloss des Vaters. Bange Fragen wurden in ihr laut. Würden die Bediensteten sie überhaupt erkennen und einlassen?

Doch dann erinnerte sie sich an ihren Traum und an das Ticket, das sie in Vaters Buch gefunden hatte. Aber wieder zogen dunkle Gedanken auf: Ob der Vater nach den vielen Jahren noch mit ihr rechnete?

Sie ging den langen Weg zu Fuß, obwohl sie von ihrem ersparten Geld ein Taxi hätte nehmen können. Mit ihren einfachen Jeans und einem billigen Pullover schleppte sie sich langsam vorwärts. Nein, es war nicht der Rucksack, der sie beschwerte. Denn der enthielt nicht viel mehr als das kostbare Buch des Vaters. Es war der schwere Weg zurück, das Bekennen ihres Versagens – und das Nichtwissen, ob es für sie noch ein Zuhause gab. Denn würde Vater sie nicht aufnehmen, müsste sie betteln gehen.

Wie liebte sie den vertrauten Wald und die Wiesen, auf denen sie als Kind herumgetobt war und sich an den Blumen freute. Welch ein wundervolles Leben war das damals, als sie noch beim Vater lebte! Und sie hatte ihm nie dafür gedankt und es nie geschätzt!

Die Welt wollte sie erleben. Ja, von der hatte sie jetzt genug gesehen und so viel Schmutz und Enttäuschung davon mitbekommen. Wie sehr schämte sie sich! Und wie in aller Welt sollte sie das alles dem Vater erklären?

Karriere machen war ihr Ziel gewesen, es zu etwas bringen. Und dann noch einen reichen Mann heiraten, so hatte sie es sich vorgestellt. Ja, sie wollte es dem Vater zeigen, dass sie ohne ihn leben konnte und ohne ihn zurechtkam. Sie wollte beweisen, wie clever sie war ... Und was konnte sie nun vorzeigen? Nichts als ihr Versagen und ihre Armut!

Auf dem Weg zum Vater

Inzwischen war sie in der Nähe des Schlosses angekommen. Schon konnte sie das große Tor erkennen. Es stand weit offen, was eher unüblich war. Ja, es sah so aus, als würde man auf jemanden warten. Wahrscheinlich hatte Vater hohen Besuch eingeladen. Sie entdeckte, dass Vater im Tor stand. Das war sein Brauch, wenn besondere Gäste angesagt waren.

Vielleicht sollte ich mich lieber im Wald verstecken, dachte Anna. Vater müsste sich ja schämen, wenn die Leute kämen und sie hier so heruntergekommen stehen sehen – oder sie sogar erkennen! Aber da! Täuschte sie sich auch nicht? Vater kam auf sie zu! Konnte er sie überhaupt erkannt haben? Oder kamen die Gäste gerade hinter ihr von einem Waldspaziergang zurück? Anna schaute verstohlen nach hinten. Aber da war niemand zu sehen. Vater beschleunigte seine Schritte. Anna sah, wie schwer es ihm fiel. Sie hatte ihn in Erinnerung als einen Mann mit hohem, geradem Wuchs und aufrechtem Gang. Jetzt aber schien er alt und gebrechlich zu sein. Sein Rücken war gekrümmt. Es tat Anna im Herzen weh, als sie ihn so erblickte.

Vater kam immer näher. Er hatte jetzt beide Arme weit ausgebreitet, so wie früher, wenn sie als kleines Kind in seine Arme springen durfte. Jetzt begann auch Anna langsam sich ihm zu nähern. Als sie nur noch ein paar Schritte von ihm entfernt war, fiel sie auf ihre Knie. Sie wagte es nicht einmal, Vater anzuschauen, so sehr schämte sie sich. Doch er fasste ihr Kinn und hob ihr Gesicht zu sich hin. Sie erkannte in seinen Augen die große Liebe, die sie im Traum bei dem Hirten erblickt hatte. Und da entdeckte sie auch seine Narben. Wie eine Krone umgaben sie seinen Kopf. Man sah immer noch, wie tief die Wunden gewesen sein mussten. Als er mit seiner Hand über ihre Wange streichelte, fühlte sie auch darin die Narbe, die von einer großen Verletzung herrühren musste. Und wieder gingen die Bilder des Traumes durch ihren Kopf, wo der Hirte sie, das schreiende Schäfchen, aus den Dornen gezogen hatte.

Nein, jetzt konnte sie nicht mehr »König« oder »Majestät« sagen. »Vater«, rief sie in tiefer innerer Bewegung und mit zitternden Lippen, »wie schlimm habe ich dich verletzt! Ich bin so schrecklich schuldig geworden. Nein, ich kann nicht mehr deine Tochter sein! Aber bitte, bitte vergib mir. Du kannst mich ruhig bestrafen. Doch bitte, bitte, lass mich in deiner

Nähe wohnen! Ich kann ohne dich nicht mehr sein. O Vater, ich hab dich so vermisst.«

Anna schluchzte ununterbrochen, während sie die Narben in Vaters Hand küsste. »Nimm mich als Putzfrau, mehr habe ich nicht verdient.« Jetzt legte der Vater seine Arme um Annas armselige Gestalt. »Meine geliebte Anna«, sagte er mit zitternder Stimme, »du bist immer meine Tochter geblieben. Du bist mir nur verlorengegangen. Aber nun bist du zurückgekehrt. Sei willkommen zu Hause!« Einige Bedienstete waren inzwischen herbeigeeilt. Sie dachten, der König hätte einen Schwächeanfall und bräuchte Hilfe. Staunend erlebten sie, wie der König mit einer unansehnlichen Person sprach und sie sogar umarmte. Wer konnte das nur sein?

Verloren und gefunden

»Lauf«, rief der König Johann zu, als er ihn entdeckte, »lauf, und lass Badewasser ein! Und sag den anderen, sie sollen das Kleid holen, das ich Anna habe nähen lassen. Schick Hans in meine Gemächer. Er möge das Diadem herbringen, das die Königin trug, als sie noch lebte. Marie soll eine Gästeliste zusammenstellen. Und sag Herbert, dem Koch, ein Fünf-Gänge-Menü müsse vorbereitet werden für viele, viele Gäste. Ich möchte das Feinste vom Feinsten aufgetischt haben! Anna ist zurückgekommen!« Die Stimme des Königs überschlug sich fast vor Glück.

Wie ein Lauffeuer verbreitete sich die Neuigkeit im Schloss: Prinzessin Anna ist wieder da! Einige Stunden später reisten die ersten geladenen Gäste an.

Alberts Verlorenheit

Die Tore standen weit offen, als auch Albert von einer anstrengenden Geschäftsreise heimkehrte. Erstaunt erblickte er das Feuerwerk im Schlosshof. So etwas hatte es seit dem Tod der Mutter nicht mehr gegeben. Und seit Anna weggegangen war, hatte überhaupt kein Fest mehr stattgefunden. Vater wollte seitdem kaum noch mit jemandem sprechen. Im Warten auf sie war er alt und grau geworden. Sie hatte sein Herz endgültig gebrochen. O, wie Albert sie dafür hasste! Neu stieg eine Welle des Zorns in ihm hoch.

Albert ließ das Fenster herunter. »Was in aller Welt ist hier los?«, wollte er vom Gärtner wissen, der ihm gerade mit einem Arm frisch geschnittener Rosen über den Weg lief. »Ihre Schwester ist wieder da. Und Ihr Vater ist ganz aus dem Häuschen darüber, dass er sie wieder hat.« – »Das darf nicht wahr sein! Dieser Nichtsnutz von Schwester wagte sich, wieder heimzukommen?«, dachte Albert voller Groll.

Er holte tief Luft, bevor er aus dem Auto stieg. Herbert hastete gerade vorbei mit Gemüse aus dem Garten. »Anna ist da«, rief er, und seine Stimme klang sehr froh, »und Ihr Vater gibt deshalb ein großes Fest, weil er sie heil wieder hat.« – »Anna, Anna, Anna!«, murrte Albert wütend. Alles drehte sich um Anna. Diese verwöhnte Schwester, die dem Vater nur Sorgen bereitet hatte, war wieder heimgekommen. Und nun gab der Vater ihretwegen sogar ein Fest!

Albert war so wütend wie noch nie zuvor im Leben. All die Jahre hatte er geschuftet, sich nichts gegönnt, während sie durch die Welt gezogen war, ihr Leben mit nichtsnutzigen Menschen verbracht und Vaters Geld hinausgeworfen hatte! Nein, er würde sie nicht begrüßen und erst recht nicht am Fest teilnehmen! Dies ließ er jeden wissen, der es hören wollte oder auch nicht.

Vater wurden die Worte des Sohnes zugetragen. Es tat ihm weh, dass Albert sich nicht mitfreuen konnte. Irgendwie verstand er ihn sogar, seinen fleißigen, pflichtbewussten Sohn.

Überall begann Vater nach Albert zu suchen. Schließlich fand er ihn in seinem Büro, vergraben hinter vielen Akten.

»Mein Junge, komm und feiere mit uns! Deine Schwester ist wieder daheim! Ich bin so dankbar, dass ihr in der großen Welt nichts passiert ist.« Albert musste sich beherrschen, um nicht laut aufzuschreien. »Vater«, begann er und Tränen von Schmerz, Wut und Ärger stiegen in ihm auf, »dieser Schlampe bereitest du ein Fest, die dein Geld ohne zu überlegen mit vollen Händen hinausgeworfen hat. Sie hat ihren ganzen Reichtum mit nichtsnutzigen Menschen vergeudet, Partys gegeben, auf deine Kosten gelebt, Vater! Ich aber habe dich immer geachtet und deinen Reichtum zusammengehalten. Doch für mich hast du nie Freunde zum Feiern eingeladen.« Auf Alberts Stirn bildete sich eine Zornesader. »Mein geliebter Junge«, entgegnete der Vater und versuchte ihn liebevoll zu besänftigen. »Warum hast du nicht selbst ein Fest gegeben? Als ich damals Anna ausbezahlt habe, gab ich dir genau denselben Anteil an meinem Erbe. Du hast nie gefeiert, obwohl ich es dir so sehr gegönnt hätte, Freude zu haben. Es hätte dir auch gutgetan.

Schau, das aber ist der Unterschied: Du warst immer bei mir, alles gehörte dir, doch du hast nichts anderes gemacht als dich dafür fleißig anzustrengen, um es zu vermehren. Und dafür danke ich dir. Trotzdem hätte ich es dir gegönnt, mit deinen Freunden fröhlich zu sein. Und daran wäre nichts falsch gewesen. Bei Anna war alles anders. Sie hat falsche Wege eingeschlagen. Im Gegensatz zu dir hat sie ihren Teil nicht gewissenhaft verwaltet. Sie hat sich von mir entfernt und mir viel Kummer bereitet. Aber nun hat sie eingesehen, dass es verkehrt war.

Jetzt will sie meine Wege gehen. Sie hat entdeckt, dass Gehorsam mir gegenüber keine Unterdrückung darstellt, sondern der Weg zu bleibender Freude ist.

O Albert, könntest du doch auch diese Freude finden!«

»Soll ich auch dein Gut verschleudern, Vater? Soll ich dir auch solchen Kummer machen wie Anna?«

Albert schleuderte sein Weinglas gegen die Wand, dass der Wein an den Tapeten herunterlief.

»Du hast meine Liebe noch nicht begriffen, Albert. Du versuchst, sie zu verdienen. Ich aber liebe bedingungslos, auch dich, Albert. Deine Arbeit ist wundervoll, aber ich liebe dich nicht wegen deiner Arbeit, sondern weil du du bist.

Nur das Verlorene begreift diese Liebe, weil es nichts mehr zu bringen hat. *Und nur das Verlorene kennt die Freude, gefunden zu werden.*

Vielleicht muss manches verlorengehen, damit es begreift, wie sehr ich Sehnsucht nach ihm habe?«[16]

Vater ging zurück zum Fest. Er wollte jetzt nicht

mit Albert diskutieren. Heute war ein Tag der Freude. Und diesen Tag wollte er mit Anna feiern. Wie gerne hätte er auch seinen Albert dabeigehabt!

Aber Albert blieb draußen. Er wusste noch nicht, wie verloren er war. Er war noch viel zu gut, als dass er erkannt hätte, dass auch er Hilfe brauchte. Er konnte noch alles allein. Und deshalb hatte er auch keine Sehnsucht danach, gefunden zu werden.

Nein, er wusste nicht, welchen Schmerz Verlorenheit verursachte. Er kannte nicht die Verzweiflung, in den Dornen der Schuld scheinbar ohne Ausweg zu sein. Und auch das wusste er nicht, wie es ist, fern vom Vater zu sein und eine Sehnsucht zu haben, die einen verzehrt.

Albert hatte keine Ahnung davon, dass das Genießen der Vergnügungen der Welt auf Dauer nicht Glück bringt, sondern Einsamkeit, Not und Verzweiflung. Albert wusste es nicht. Auch das wusste er nicht, mit welch unendlicher Liebe der Vater auch ihn suchte. Nein, Albert konnte nicht erkennen, dass er sich durch Rechtschaffenheit, Fleiß und Einsatz die Liebe des Vaters nicht kaufen konnte. Und außerdem meinte er, diese Liebe gar nicht zu brauchen. Anerkennung reichte ihm. Durch seinen Stolz und seine Überheblichkeit hatte er sich aber immer weiter innerlich vom Vater entfernt, obwohl er noch im Schloss lebte. Vater hatte damals auch Albert sein Buch geschenkt, als er das Erbe geteilt hatte.

Aber Albert hatte sich noch keine Zeit genommen, Vaters Buch zu lesen und sich mit ihm darüber zu unterhalten.

Sonst hätte er es auch entdeckt, was Anna begriffen hatte:

Ohne die Liebe des Vaters zu leben ist kein wirkliches Leben.

Aber vielleicht fing Albert dann später doch noch mit dem Lesen an?

Die Autorin

Ruth Heil wurde 1947 geboren. Neben ihrer Arbeit in der Eheseelsorge hält sie Seminare und Vorträge. Sie arbeitet bei verschiedenen Zeitschriften mit und ist Autorin zahlreicher Bücher. Hans-Joachim Heil ist Pastor und Leiter von FLM (Family-Life-Mission). Gemeinsam sind sie Eltern von 11 Kindern.

Bibelstellenverzeichnis

[1] l. Mose, Kap. 3
[2] l. Mose, Kap. 4
[3] l. Mose, Kap. 6
[4] l. Mose, Kap. 22
[5] l. Mose, Kap. 37–45
[6] 2. Mose, Kap. 2–4
[7] 2. Mose,Kap. 11–12
[8] 2. Mose, Kap. 14
[9] 2. Mose, Kap. 32
[10] 4. Mose, Kap. 13 und Kap. 14,38
[11] Josua l
[12] Psalm l
[13] Psalm 23
[14] Jesaja 43,l
[15] Lukas 15,4–6
[16] Lukas 15,6 b und 7